国家出版基金项目
NATIONAL PUBLICATION FOUNDATION

国家出版基金资助项目

项目编号：2019I~157

"一带一路"大型系列丛书

刘渊 ◎ 著

新疆是个好地方

红柳花开

总策划　戴佩丽
主　编　孙春光

中央民族大学出版社
China Minzu University Press

图书在版编目（CIP）数据

红柳花开 / 刘渊著 . —北京：中央民族大学出版社，
2019.12

（"一带一路"大型系列丛书 . 新疆是个好地方 . 第二辑）

ISBN 978-7-5660-1751-2

Ⅰ.①红… Ⅱ.①刘… Ⅲ.①诗集－中国－当代 Ⅳ.①I227

中国版本图书馆 CIP 数据核字（2019）第 235898 号

红柳花开

著　　者	刘　渊	
责任编辑	戴佩丽	
封面设计	舒刚卫	
出 版 者	中央民族大学出版社	
	北京市海淀区中关村南大街 27 号	邮编：100081
	电话：（010）68472815（发行部）	传真：（010）68933757（发行部）
	（010）68932218（总编室）	（010）68932447（办公室）
发 行 者	全国各地新华书店	
印 刷 厂	北京君升印刷有限公司	
开　　本	787×1092　1/16　印张：13.75	
字　　数	160 千字	
版　　次	2019 年 12 月第 1 版　2019 年 12 月第 1 次印刷	
书　　号	ISBN 978-7-5660-1751-2	
定　　价	78.00 元	

前　言

"一带一路"倡议中，新疆定位于丝绸之路经济带核心区，并以日益凸显的区位优势和辐射效应，与21世纪海上丝绸之路逐步衔接。

在第二次中央新疆工作座谈会上，习近平总书记强调，要在各族群众中牢固树立正确的祖国观、民族观，弘扬社会主义核心价值体系和社会主义核心价值观，增强各族群众对伟大祖国的认同、对中华民族的认同、对中华文化的认同、对中国特色社会主义道路的认同。近年来，在以习近平同志为核心的党中央坚强领导下，新疆文化事业得到长足发展，对经济社会发展的引领作用不断增强，特别是随着稳定红利持续释放，文化创新呈现快速增长。实践充分证明，以习近平同志为核心的党中央治疆方略高瞻远瞩、英明睿智，只要坚定不移地贯彻落实党中央治疆方略，新疆形势就能朝着全面稳定的方向发展、就能实现社会稳定和长治久安，新疆经济就一定能够贯彻好新发展理念、推动高质量的发展。

"一带一路"倡议的实施是新疆地区走向现代化、融入现代化潮流、发展现代文化的一次新机遇。在这一背景下，《一带一路大型文化系列丛书——新疆是个好地方》出版项目正式推出，其目的就是要围绕中心、服务大局，弘扬主旋律，传播正能量，为推进新疆稳定发展提供了强有力的文化支撑。

丛书坚持党性与人民性相统一，不断增强中国特色社会主义道路自信、理论自信、制度自信、文化自信；坚持正确文化导向，团结、稳定、鼓劲，弘扬正能量；紧紧围绕社会稳定和长治久安总目标，使文学作品服务大局，形成文化艺术的强大合力。丛书作品内容注重创新意识、创新观念、创新内容、创新形式，切实提高文学作品的传播力、引导力、影响力和公信力；坚持"高举旗帜、引领导向、围绕中心、服务大局、团结人民、鼓舞士气，成风化人、凝心聚力、澄清谬误、明辨是非、联接中外、沟通世界"。

丛书的出版发行，将对发展新疆区域文化产生积极的正面效应。基于此，我们遴选了疆内的数十位知名作家，通过报告文学、散文、诗歌、小说等形式，从不同的角度反映新疆现代文化发展，展示各民族同胞践行社会主义核心价值观以及逐步形成的进步、文明、开放、包容、科学的理念，讴歌各民族同胞团结互助的精神风貌和浓厚氛围，进一步增强各民族同胞之间的认同感，更好地维护新疆地区的长久稳定和繁荣助一臂之力。丛书视角独特、文字量浩繁、信息量巨大，让新疆人民可以真正全面地知道自己，让疆外的读者可以全面地认知新疆，也让世界客观地了解新疆、了解中国。

丛书得到了中共中央宣传部新闻出版署、中共新疆维吾尔自治区党委宣传部审读处、国家出版基金的大力支持，使得这部丛书得以顺利出版。

编者

目 录

"一带一路"大型系列丛书
——新疆是个好地方

独向苍茫

我俯下身子　抚摸绿洲

至真至爱的花朵与粮食

独向苍茫

塔里木之侧

独立苍茫的耕者

有力的手　深入农谚和水

纵横阡陌上　一波一波荡漾的

是追索一生的粮食

阳关之外　开发者

穿越西海千古幽秘

穿越羌笛中悲怆的曲子

那段难以尽述的岁月

已随拓荒的号子漂泊而去

太阳与雪水　使大盆地

潇潇洒洒的白杨林

飘出如歌的鸟音

开发的乐章　掸去

苦涩的水　在劳作中

对边地的情感　一寸寸加深

勤劳的人们　俯身于

一片纯粹的五谷声里

沉重而艰辛的爱

形成性格中坚硬的部分

被漠风传唱

塔里木之侧

在这晨光明媚的早晨

我俯下身子　抚摸

至珍至爱的花朵与粮食

于流水之上　麦笛之上

我已无法描述自己

亚麻花开的季节

北纬三十八度线上放肆地蔓延

举起一丛丛粉艳艳的火焰

辉耀五月　辉耀远天远地

任风暴袭来沙浪扑来　亚麻花

依然呼啦啦燃烧　红得热烈

闯进亚麻花开的季节

荒地勘探队的年轻人

禁不住诱惑冲动　为一群孩子

摇着花秆与塔尺

晃着水准仪和经纬仪

沙雀般扇动遐思飞飞飞

飞进亚麻花咧开嘴唇的微笑里

飞进云锦般辽远的幔帐里

好奇地阅读

一段西域史　一卷古边塞诗

成群的野蜂嗡嗡嘤嘤

和年轻的心来个二重唱

传递五月的信息

北纬三十八度风沙线上

亚麻花举起红灼灼的畅想

欢呼辉煌的节日

而那些黑胸肌黑皮肤的跋涉者

总是喋喋不休喋喋不休

用四三拍或四四拍奏出情绪的起伏

用一片片奇丽擦亮目光

让目光敞亮敞亮地

向塔里木盆地传送温情

风声多于牧歌的地方

苍茫大野　铁干里克

风声多于牧歌的地方

鹰啸　自天穹滴沥

背靠四季　绿洲的耕者

与孤独的胡杨与骆驼刺

毗邻而居

依恋响亮的阳光

不择水土　一些传统的农作物

长势良好　胡杨树与夜莺

于古楼兰之侧栩栩如生

潮海之星　使跋涉者的目光

燃起相思

饱经沧桑　优秀的耕者

伫立于古朴的风物里

咀嚼苍凉岁月

操持农事　寒来暑往

坚守一种精神

空旷的天空下　被风沙磨砺的

是坚硬的人生

铁干里克　嵌在古楼兰之侧

你悲壮的夕阳

照亮了我的血液

饱含泪水　我久久地听你

说古道今

漫过岁月的沙枣树

漫过岁月的沙枣树

追随迁徙的燕子　于阳关之外

与蒿草与黑色戈壁石

随便地长在一起

阳关之外的沙枣树

远离喧嚣　远离尘世

依风依雪　总是这般执拗

瘦削的叶子临风而舞

铁色的枝条拒绝叹息

沿着三月渠岸五月地垄

斜出阡陌

正如绿洲的耕者　沙枣树

于苍茫至极的冷风景之上

站成一种坚韧

命运参差　贯穿一生一世

此刻　只见那些阳光的鸟儿

泊在绿色的枝头　兴高采烈

举着童心和儿歌的桑

民风民俗里摇曳的桑

恩典的阳光　使五月的桑葚

很紫　很紫

我们是桑热爱的孩子

五月的桑　当你

美丽地浮出盆地的天空

我们欣喜地去拥抱的

是闪烁于枝头的童趣

我们采桑葚　桑葚

染紫了我们的年龄

古典的桑　慈祥的桑

举着童心和儿歌的桑

沾着我们馋猫的目光

亲切若水

绿洲的桑　岁岁年年

春风给了嫩叶　阳光翻动鸟语

在地边　在陌上

斜出我们的童年

是疏疏淡淡的几枝

而今　绿洲的桑遥远了

可我无法和它分离

我依然是桑的孩子

这么想着　不禁抬起手臂

我想抚摸绿洲布满桑葚的天空

蛙声波及漠野

家在塔里木盆地一隅

家最接近稻子和葡萄藤

阳关之外　深爱的家园

风摆柳　水弹琴

亘古的风物里　大漠稻乡

呱呱鸣响翠绿的蛙声

远远近近　蛙声贯注秧垄

蛙声游进流水

天山之南　宁静的淡远里

蛙声的漠野　漠野的蛙声

若雨声淅淅沥沥

恩典的阳光下　绿洲蛙声

像那些乡间民歌土腔土韵

浸透我们的血脉和感情

潇潇雨声　使我们

钟情煌煌的西部农垦

皈依绿洲　亲切的蛙声

悠然如诉如歌

塔里木盆地一隅

拓荒的耕者　独饮孤独岁月

从不绝于耳的歌吟里

感到慰藉　纯情的蛙声

是萦纡于大漠之上的一种民歌

醉心得使人饱含泪水

把握农事

贴在炕头上的梦

被喔喔的鸡啼叫醒

从墙头摘下清瘦的镰刀

而镰刀雪亮雪亮

浸一抹月色

站在五月的麦地

阳光的音符在麦芒上跳荡

风也是醉醺醺的

麦收是一种非常真实的感觉

是浸透灵魂的农事

从心底升起的微笑

爬上深刻的眼角

悄悄写意

将弯镰插进麦垄

不仅是收割一季麦子

还将领悟庄稼的含义

如果将一块块麦地排印出来

就是一部精装的诗集

其时　农人粗糙的手掌

正穿越夏天

把握农事　攥紧

我们赖以生存的命脉

吹响绿洲的麦笛

钻天杨葳蕤的五月

五月的绿洲　是雪水与麦子

凝结而成的遍地黄金

一把歌吟至今的麦穗

比珍珠玛瑙更让人亲近

庄稼的呼声　一浪一浪地

激荡欲望

苦在五月　乐也在五月

风漂雨洗的乡亲

从麦海中划出来　不计劳累

以泥土色的情绪

吐露如丝如缕的心声

一管吹响家园的麦笛

漫成悠悠乡风

麦收五月　记不起早起

惊醒了多少鸟啼　绿原之上

目光投进麦海

大机器的轰鸣滚动田野

挨过雨雪风霜

四季的一重重阻隔　农人

笃信土地的忠厚与诚实

其时　地头上的瓷壶

已泡浓了乡情

触摸绿洲的根

古楼兰之侧　真实的风景

一些翠绿的叶子和流水

把田园照亮　燃烧的乡土

民谣与绿风与胡杨林

刷新岁月

皈依风急鹰啸的大盆地

苦乐年华的耕者

血液被坚执的情感点燃

操持农业　不计岁月

葱茏的心事　从孔雀河黎明

铺向塔克拉玛干边缘

被阳光弹响的指节

推开旋风与沙砾

放飞云雀

就是这片燃烧的乡土

庄稼与歌谣灌注雪水

大道宽广　　阔野翠碧

把粗糙的手指插进泥土

就会触到绿洲的根

倾听涛声

白杨树站成七月　稻子

簇拥我们抵达西部农垦深处

风吹稻花香　蛮有意味的岂止是

百里蛙声

总有一种音乐的节奏贯耳

渠水奔流　且带韵

使我放弃所有的词汇

远望垦区之上　浮动流水的微笑

俯视稻根之下　印着流水的吻痕

渠水　以一种阴柔的姿势

展现阳光和土地和农垦的

品格……

驻足垦区

我感受塔里木河的涛声

从边塞诗和昆仑山奔泻而来

于渴望水的怀念深处

感受泥土的芬芳

与田间流汗的滋味

此刻　我的心愿开始扬花

源于冰雪　源于流水

皈依远方热土　念叨水的恩泽

前后左右　满耳是稻子

朴素的热爱和歌唱

与温暖的乡情贴近

在苜蓿举着草籽的十月

阳光与纯粹的雪　格外

关怀塔里木的棉花地

远远地凝望　目光

穿过谷雨芒种与秋分

就是大盆地的棉株了

塔里木的棉株　贴近泥土

悄然吐絮　于铜质的阳光下

被乡妹子的手　弄得

年年雪白

秋日里　纷呈的棉株

向空中举着热烈的爱情

站在民谣的天空下

塔里木人　将泥土的恩德

揽入掌心　是谁的一颗泪珠

自波动的乡音乡韵里

悄然滴沥……

此刻　近处飞雪远处飞雪

雪所表达的某种情态　使我

深爱无与伦比的雪　使我

与温暖的乡情贴近

在白杨林那边

像一片葡萄叶　垦区

收藏过我的汗水和泪水

赋予我泥土色乡音

垦区的光景总是平平常常

农人却活得干净坦诚

孔雀河　自白杨林那边

静静地流过扬花的稻田

稻田边的农场召唤农人

庄稼在年年的秋声中倒下

又在春风中站起

西部的太阳　照耀

一些单纯的心事

老爹的鬓发

在操劳中由黑渐渐变白

垦区的古桑树　你知道

我们最接近秋天的葡萄园

妩媚又多姿　摇曳

晶莹剔透的诗句

夜莺的叫声　不绝于耳

啁啾经久不衰的自然色

遥远的孔雀河　我的垦区

是南疆的一只翠鸟　抖动羽毛

在淳朴的乡风民俗里

吟唱圣洁的歌　使我们

感动并热爱一生

站在秋天的边缘

在阳光分蘖的声音里

深深注视塔里木的稻子

你赤金般的脸颊上　滑过

季节的表情

有劳作的汗味在风中扩散

其时　让你想起稻种的耳语

想起有关稻田冷暖的细节

那只燕子远远地飞来

穿越柳烟　阅读

一幅套色版画

站在秋天的边缘　其实

从一缕分蘖的阳光

也能感受到秋天的品质

你沾满泥水的双脚

怎么也走不出　走不出

这与生俱来的一切

雪野上的亲人

隆冬在积雪的覆盖之下

静静地酣睡

只有那些潇洒的白杨树

离我们不远不近地站着

逼视大雪纷飞

此刻　想到这些饱经磨难的树

在边塞的土地上长高长壮

排列于古往今来的大盆地

风尘仆仆　送走无定数的岁月

于今　平静地环顾苍白的季节

仿佛在回忆往事

溟蒙中　白杨们正向我走来

像是我纯朴的亲人

我听到灌满树叶的风声

以及蓄满林子的鸟语

这种感觉灼亮我

和雪原上的白杨树

使我止不住俯身于树根之下

倾听乡土的声音

远方不远

莽莽苍苍的远方不远

岑参的那支羌笛那把琵琶

扬沙抛石　鼓动你

闯进亘古风景

褪色风衣就这么旋进漠风

飘曳而来　飘曳而去

连目光也染成苍凉古色

一支江南竹笛　自多情

于西部中国的农垦深处

吹奏乡音乡韵

营养了白杨树的根

在骆驼客萧疏的视野

林带以队列的方式

站成风姿

在古朴的光辉里

你紧握塔里木的春天

种植葱葱郁郁的象形文字

扶起绿洲的信心

你从不相信　风暴

能肆虐一切

闯进"死亡之海"闯进去

脚印就绵延成一行日记

绵延成一段历程

而你的教鞭　依然

坚韧地敲敲点点

一个真实的憧憬

总在远方

灿烂地照耀

年　味

塔里木以北　春天

从高挂的大红灯笼开始

家家对联新　稀薄的阳光

装点红红的"福"字

年年春风　如剪刀

剪碎小寒的霜　大寒的雪

又一个吉祥如意

红红火火　被请进绿洲人家

传统的风俗依然

宰羊　买酒　置办新衣

一枝提前开放的蜡梅伸进腊月

把年味演绎得平平仄仄

天空无垠　布满年年的祝福

豫剧与现代歌舞开始闪亮登场

待嫁的妹妹　眉清目秀

对镜梳妆　羞涩而迷醉

无法平复内心的甜蜜与柔情

只等一长溜接亲的唢呐

吹奏红双喜的吉日良辰

大漠一隅　中国西部农垦深处

纷纷扬扬的一场瑞雪

翩然而至　是浓浓的情意

大盆地　操持农业的耕者

唱响天空的是锣鼓的高腔

又见燕子归来

燕子筑巢

在江南本是司空见惯

燕窝　垒于种田人家

房梁之下　早早晚晚

总闻燕子亲昵地呢喃

我是说　在塔里木之北

燕子筑巢却十分稀罕

那年　燕子夫妻光临我家

一点点衔泥万般辛苦

谁知一夜狂风

小小燕窝竟毁于一旦

屈指三年　燕子又寻路归来

（不知是不是先前那对夫妻）

燕尾如剪　一点点剪碎四月

剪碎四月的蒙蒙柳烟

划过那林带与果园

于我家檐前翔姿翩翩

漂泊的燕子　归来吧

时光荏苒　噩梦不再

天蓝了一点　绿多了几片

咱的家也是你的家呀

泊下吧　泊它岁岁年年

飞翔的鸟音

一串天蓝色音符

亮丽古朴的风景

鸟语　从秋天的背景上滑落下来

使这个有些僵硬的季节

慢慢生动

在我萧疏的视野　触目

高原的云杉林与黑石头

潺湲的流水里

擦过鸟们的影子

这迫使我们抬起萧瑟的目光

张望飞翔的鸟音

在这日渐消瘦的季节

鸟们开始长途迁徙

拍动饱经风霜的翅膀

我懂得鸟们对节令一往情深

抵达民谣与桃花流水

残雪消融　眠了一冬的草

煦风里　郁郁葱葱地茂盛

天空悠蓝　阳光朗照

越飞越高的是矫鹰的翔姿

大漠春早　冬已仓皇远逃

去年的冬麦悄悄地返青

犁铧闪亮登场

机声激荡辽远的漠野

在天边翻动诗意的云

布谷鸟　于英俊伟岸的白杨树上

清清脆脆地抒发塔里木三月

季节　穿过阡陌

抵达民谣与桃花流水

绿洲之上　我纯朴的乡间妹妹

以黑黑的飘柔长发　挽住三月

一枝枝缤纷　一瓣瓣芬芳……

梨花盛开

似乎有个约定

年年梨花总是应时而开

库尔勒四月的盛典

千朵万朵的雪白

我只知道古朴的风物里

那么多金嗓子夜莺

旋转雪色天空与云朵

我只知道阳光的恩典里

那么多头顶薄纱的"古丽"

青青翠翠的一枝

如何接近爱情

四月的库尔勒哟　嗡嗡嘤嘤

把一座年轻的城

舞成蜂　舞成蝶

三月风吹动蓝音符

绿洲鸟语越来越悦耳

三月风吹动　蓝音符

温存我邈远的大漠垦区

花的声音　露的声音

只是一种衬托

远近高低　鸟语

曳曳而来且嘤嘤成韵

暖和庄稼与青春的林子

绿洲原来有这么多歌星

于朴素的家园深处

让我感动不已

云雀与沙海鹰

旋入远山的烟岚

于微笑的风中　淹没我

是鸣响的一片天籁

而此刻　忧伤的事情

都不记得

抵达垦区　抵达

离我们很近的心灵

一种亮丽的绿洲清音

真实而亲切　拍打我

使我哽咽颂辞

怀念一片林子

萦绕于心的那片林子

飞翔的雉鸡　经霜的黄叶

美丽过我的花季少年

那么多的鸟儿　叽叽喳喳

比许多歌星唱得美丽

林子边弯过的塔里木河

是一匹流动的织锦

踩过时光的漠野

一头扑进乡情怀里

寻不见那片青春林子

干热的风灼痛伤心

稀稀落落的一片棉花地

盐碱泛一层亮花花的白

塔里木河还在流　浅浅的

不像是在歌唱　像在饮泣

岸边几株半枯的胡杨树

与我远远地相互对视

默然无语

挥动大钐镰的打草人

几个甩开膀子的壮男人

夕光下　挥动的大钐镰

唰唰生风

横扫着一大片苜蓿地

已是九月　农人收割着

一年中最后的一茬苜蓿

同时还把一地阳光储存起来

喂养瘦削的冬季

不至掉膘

看不清楚打草人的表情 ——

在他们的眼里

这只是一种简单的劳作

而在我的眼里　收割苜蓿

就是收获土地的恩德

飘飘离离的雪

一场普降的初雪

纯然一色　在它覆盖绿洲的时候

倚门瞭望的农人

目光雪白　触摸忠厚的村庄

眼里只有普降的雪

飘飘离离

弥望之中　白杨与麦秸垛

簇拥的村庄　躲不开

雪季带来的苍白

瑞雪之下　是休养生息的土地

而在披雪的麦秸垛背后

永远的居所　正点燃

爆竹的笑声

此刻　苦乐一年的农人

感到落雪的声音

是一种优美的意境　想到

土地的渴望　精壮的种子

把一些稔熟的故事

握入掌心

于海阔天空的话匣子里

若雪纷纷　割不断的

是对绿洲的情分

踩着白雪的冬季

羊皮袄上　雪花嗞嗞溶化

于老绵羊哞哞的唤声中

远望布满沧桑的老榆树

觉得这场雪很诗意

极限之韵

独立苍茫　从古边塞诗中

解读那亘古瀚海

总是声声吟唱着悲凉

尽管历代诗人的歌哭

呼天抢地

那一轮旭日依然惨白

那一弯新月仍旧昏黄

在塔克拉玛干沙漠

与库姆塔格沙漠之间

热锅热浪　煨着地老天荒

哲人的嗟叹绝非危言耸听

两大沙漠一旦合拢　美丽南疆

唯余风沙迷茫 ……

沿古丝绸之路南去

走过尉犁　走过若羌

一步步把历史的琴键叩响

是谁把红云抛在高天之上？

绿蒙蒙耸立的一道长廊

洇湿了我焦渴的目光 ——

田畴似海　长渠如网

枣花谢过　稻花又香

塔里木英雄的胡杨树

正在沙海上豪迈地跋涉

一轮朝阳油绿而鲜亮

唐诗中吟啸千年的漠风呀

春露秋霜　寒来暑往

已在这里悄悄敛起了翅膀

此刻　偎依于葡萄架下

细听南泥湾过来的老兵

娓娓地叙说 ——

一部绿洲的编年史

稻菽涌浪　棉海铺霜

大西海子上荡舟撒渔网……

历史再一次雄辩地证明

人进沙退　西部人面前

风沙休得再猖狂

在中国西部　楼兰做证

塔里木莽原之上

正磅礴地回荡着

一曲绿色生命的交响

连以色列生态学家也慨然赞叹

挑战自然的极限之韵啊

千古绝唱

草色青青

每一颗青草
都是精彩的句子

走过巴音布鲁克

牧区一年中最鲜亮的季节

从雪浪花的演唱开始

马驹撒欢　羊羔咩咩

鹰翅以西　马兰花

千朵万朵开得随心所欲

怀抱马头琴的歌手

摇晃在铺着花毡的马背上

其时心情　也是草色青青

从一片草场到另一片草场

琴声如雄风　摇动着高山草原

每一顶蒙古包都为春天敞开毡门

年年的白天鹅　远徙而来

沉进天鹅湖蔚蓝色的意境

把生命表白　把爱意表白

向天而歌　拍水而泳

把一个夏日的高山湖泊

弄得平平仄仄

感悟一年中的这个季节

青草是诗意的　牧歌是奔放的

雪水与阳光叮咚地和鸣

只有老阿妈心情平和

专心地熬制奶茶　以温暖的炊烟

呼唤驰向天边的牧马人

毡房漂泊

膻香刺激草场

酥油草便青青地疯长

长成牧羊女的舞姿

云朵般的毡房

飘过来点染草原风韵

窗外的挂图

绝不会衰老

敞开的毡门外

浓浓地抹一层亮色

蓝蓝的松谷风

蓝蓝的阳光雨

跌进羊皮口袋里

奶酒便酸酸地醉人

样子很古的冬不拉

弹奏着好心情

云水般漂泊转场　毡房

始终追着膻香的马蹄

秋冬春夏　四季

默默地稀释牧人

快乐的孤独

唐布拉的牧羊人

不知道究竟有多少沟壑

在唐布拉　深山牧场

他放牧

　　放牧山风放牧阵雨

　　放牧塔松林上滑落的云朵

　　放牧粗犷而奔放的歌

方圆百十里　伊甸园

好碧绿柔软的油草哟

好热烈放肆的野花哟

还有那么多蜜蜂那么多马鹿哟

（他是这一切的占领者）

爱　交给蹦跳的羊羔

歌　赠予啁啾的山雀

偶尔摘下毡壁上的冬不拉

一弹　一拨

便将一丝儿凄清抖落

遥远的唐布拉

并不是遥远的角落　牧羊人

占有西天山的辽阔和瑰丽

还有花儿般吐蕊的生活

游进那拉提五月

游进那拉提五月

五月　那拉提刚发表一部童话

五月的那拉提天空是蓝缎子

五月的那拉提草地是绿绸子

蓝色的细雨湿了云雀的啼唱

空气是甜甜的

牧歌也是甜甜的

牛羊埋头咀嚼着阳光

徐悲鸿的奔马跑得漫山遍野

酥油草滴答着浓浓的五月

雪浪花弹响亮亮的五月

花儿美得让人不忍心采摘

游进五月的那拉提

就泡进浓浓的马奶酒了

马奶酒会醉倒你

克孜巴郎摇晃在马鞍上

蓝眼珠叽叽喳喳泄露了秘密

那拉提的五月是一部童话

发表了上部还有续集

阳雀花开在西天山云霞里

高山牧场小学

是那拉提一朵早春的阳雀花

阳雀花开在西天山云霞里

十八岁的帕提古丽

是小山雀小金鹿们挺喜欢的大姐姐

塔玛莎！绿茸茸的草滩上

围起圈儿扯起手儿跳起舞

绕着她翩飞的是一群彩蝶

帕提古丽是从民族师范回来的

优美的牧场不去花园城不去

那拉提才是她的青春之旅

喜欢那拉提的天空幽幽的蓝

喜欢那拉提的松林苍苍的绿

喜欢那拉提的野玫瑰大朵大朵地开

甚至她觉得那拉提的空气也特别甜蜜

看见七月的草坡

就幻想自己变成羊羔儿牛犊儿

在绿缎子上蹦跳撒欢儿

快乐从嗓子眼儿里流出来

流出来亲吻七月

就这样她把十八岁交给那拉提

交给那拉提的小山雀小金鹿

交给深山牧场五月葱绿的心事

她把瞩望写在黑板上

让稚嫩的童心

让哈萨克的翅膀

纵上火焰色的伊犁马飞　飞　飞

传奇的角使人产生痛感

摇晃西边塞的黑牦牛

被冰山与青草打动的黑牦牛

雪域天涯　传奇的角

深深触及意识　使我们

产生痛感

天高地远的巴音布鲁克

永远不能行止自如　且静

牦牛　健康而淳朴的黑牦牛

雪域中　名字与毛色

只顾苍苍地黑

它不关心边塞诗

只注重自己的臁情

于悠悠扬扬的马头琴声中

卧成沉默的崖石

牦牛就是牦牛

海拔2500米高处

怡然自乐　俯视我们

高原传说少不了它

可它总走不上风景画页

依恋坚硬的阳光　粗糙的风

每当我们想念它时　总是

面朝风雪的巴音布鲁克

遥遥地仰望

马头琴老如史诗

贯穿牧人一生的琴声

挟带着古往今来的雪水

湍急地流过我的眼眶

一种亘古的苍凉　击穿石头

叠进崖石的记忆

一把马头琴老如史诗

拨动歌手丰富的指节

琴声悠扬　山高水长

涨成撕裂峡谷的河流

辉煌土尔扈特部遥远的

巴音布鲁克 ①

背靠着膻香的拴马桩

听歌手奏响一片天籁

浸绿高山牧场的情绪

牛羊宁静地咀嚼着油草

苍鹰投下黑铁色的影子

其时　音乐鸟正穿过雨后的草地

温柔地叩击着漂泊者的心

这个黄昏很醉人

────────────────

① 巴音布鲁克，蒙古语为丰富的泉水。位于天山腹地，是我
国面积最大的高山牧场。

黑石头的帕米尔

一葫芦雪水

照出帕米尔影子

其时　高原的情绪金黄

雪浪花很有点诗意

花朵鲜艳　山鹰盘旋

黑色石头墨守的日子

不悲怆也不浪漫

在鹰笛高亢的远方

帕米尔触摸太阳

感恩阳光的草地

被精制成风景画页

风景在海拔4500米以上

而我们的目光

很难爬上去

空气被冰山挤得稀薄

阳光的意味却很浓烈

塔吉克牧人

勤劳剽悍　永世永生

放牧雪野放牧草地

直到无边岁月

黑石头的帕米尔

在天之涯歌之舞之

守卫自己的平和与安详

鹰笛且忧且喜

在硬硬的黑石头高原

深沉如雄风

雪水之音

黑石头的帕米尔

雪山泌出莹白的奶

阳光味很浓诗味很浓

在山峦拍醒高原的季节

被冰冻与厚雪层层封锁

钢蓝色的名字

一旦被日光的箭矢穿透

欣喜的泪　便涓涓滴滴成瀑成溪

汇成太阳月亮潜游的巨川

轰轰隆隆　奔下高原澎湃有声

阳光镀亮的名字

被远远近近的鹰笛吹着

射出太阳与诗歌的光芒

牧女与牦牛与渴望

都幻化成剽悍的意象

一支雪亮谣曲

辽远地　呼唤无畏的跋涉者

在黑石头的高原

帕米尔　啜饮了你的雪水

心情也哗哗地涨潮

我的喉咙里即刻充满了

雪水之音

走过高原湖

六月纷扬的昆仑雪

与钢蓝色冰川

在你的上空浮动

浮动热烈的太阳照你

冷艳恬静的梦境

犄角弯如满月的黑牦牛

也来搔首弄姿

雪山上的风片　草地上的雨丝

都在制造一种迷离

有人来了又去了

有人去了又来

湖边衍生的毡房

宛似雨后的白蘑菇

路　被踩成琴弦

我的呼唤　重重叠叠

已锲进湖畔黑色的崖石

穿越时间的雪野

我们会默默地记着

夸饰并不是你

昆仑雪

昆仑山远方的雪

天地之间纷纷扬扬的雪

笼盖四野大气磅礴的雪

仰望是直插云霄的冰达坂，俯首

是从边塞诗里绿过来的涛声

默诵伟人雄奇的诗篇

一腔豪情击退了懦弱和畏惧

头一回走上高峻的昆仑山

纷纷扬扬的八月雪

竟以这样的方式与我亲近

此刻，站在纷飞的大雪里

以雪沐浴，与雪絮语

我已触摸到花朵的内心

在视线之外

触摸钢蓝色的高度

沉默的高原　迢遥地

站在西边塞外风景里

在抵达帕米尔的远方

站成渴望

白毡房是一种景观

高原湖走近了画册

黑牦牛　那些壮健的黑牦牛

在视线之外　画面之外

许多气喘吁吁的目光

越过粗糙的黑石头

阅读山鹰之舞

远方不远

沉默的高原　于不远的远方

贴近亘古的太阳

许多发生发展的故事

使我们难以想象

冬日的时光

冬日的时光

空中飘下一些六角形童话

分给白毡房　让牧人

慢慢地嚼出些意味

偶尔有阳光金黄地露出来

渲染美丽的一天

谁也不会打乱这种生活程序

牛粪火舔着毡窝子

除了烈酒手抓肉和冬不拉

没有任何东西

能诠释牧人的情绪

野山很瘦

牧道和鸟儿都已消失

孤鹰兀立于峭崖之上

云杉林披一层厚雪

黑白反差若一幅版画

似乎　沉默一个冬季

憋一口长长的气

只为年年的风雪后

云雀如期归来

目光伸不到的远方

在黑石头高原

夏牧场使我们感到亲切

雪山泌出的奶

让草地美如织锦

畜群　是它之上绣出的团花

缤纷所有的日子

在目光伸不到的远方

牧场上游动着五彩云浪

白毡房浮在云中

云中奔跑着意象

在牧歌沉醉的夏季

每一棵油草

都是精彩的句子

身在高原

牧人的脸膛抹一层太阳色

伊犁特是烈性的

手抓肉是流油的

大大方方地待客

毡房从来不上锁

在黑石头的高原

雪水奔下雪山

雪莲开上大坂

远山吊起远游者的目光

若高原鹰

一遍遍地盘旋

牧马人的妻子

牧马人的妻子

是一些用细羊毛编成的女人

牧马人要走向远山

她们早早地缝制鞍鞯又烤好馕饼

潮潮的目光湿了几面山坡

直送了好远的路程

男人手中的鞭杆

拧着她们的柔情

用它可以抽打风雨晨昏

火红的马鬃才飘走几天

马蹄就踏碎了她们的心尖

缠绵的心事哼成带翅的牧歌

把天边的那一片流云追赶

扯也扯不断的情丝

鼓荡蓝蓝的森林风

森林风蓝蓝地吹

吹舒坦那些跑动的大山

就是羊皮口袋的马奶酒

也溶进她们发酵的思念

思念酸甜酸甜地

呼唤远山牧马的汉子

赶着马群早早地归来

牧马人走得再远

总也走不出爱的边界

野山没有名字

野山没有名字

野山憨憨地躲在西天山云霞里

跟野花儿亲密

圆圆的太阳从云杉林上升起来

圆圆的又从伊犁河谷沉下去

金黄金黄地照耀

野山的牧人都是太阳色

男人镀一副红脸膛

女人顶一方红头巾

男人女人骑上伊犁草原的红鬃马

叭叭地甩响马鞭子

放牧雪白的意象和牧歌

雪莲花似的毡房浮在云中

时而有炸雷滚过窗外

时而有鹰羽飘落毡房的门

野山般强悍的生命

从一个角度登临人生的风景

大块大块地吃肉

大碗大碗地喝酒

大大方方殷殷勤勤地待客

向你浓烈地诉说感情

弹响太阳色的琴声

让情歌和红红的野草莓浸透七月

野山离咏叹调很远很远

离太阳很近很近

憨憨地躲进西天山云霞里

隐进神秘又深沉的古歌里

野花自个儿芬芬芳芳开得热烈

不过　野山一声来来来

太阳就会微笑

远方的客人就会到来

走向山外的世界

从驼背上卸下一天的困倦

卸下如云的毡片温柔的摇篮曲

驼蹄于牧道上

打一个圆圆的句号

拢一团山间的薄霭

点燃袅袅旋升的炊烟

哈萨克女人的红头巾

在晚风中打出暗语

铜壶里溢出喷香的芳醇

释放出牧人的豪兴

牧歌仍未敛起翅羽

掠过峡谷　掠过松林

摇动远处白皑皑的雪峰

深情弹奏的冬不拉

描写伊犁河多梦的夜

寒风锁不住绵绵乡音

月色下的溪水

叮咚敲响碧毯般的草地

放牧的路上水草丰美

把夏窝子丢给山的记忆

把夜话与牛粪火丢给昨天

鞭声和蹄声一路演奏着

走向山外世界

多情伊犁风

蓝海子染过的风

羊皮口袋里发过酵的风

这风有形有色有韵味

遥远的西边塞遥远的伊犁风呼呼地吹

使伊犁马扬名伊犁哈萨克草原魅人

伊犁风很蓝很蓝

蓝色的伊犁风多情地滑过山野

漂蓝五月漂蓝夏牧场漂蓝云杉林

漂蓝炊烟漂蓝水鸟漂蓝雪山水

山中的晨雾飘荡为蓝缎子

雾中的牧道盘旋为蓝带子

一朵云带来一阵蓝色的细雨

雨霁油草上滴答蓝色的水珠

水灵灵的牧歌飘上蓝天空

伊犁风很醇很醇

野香的山风

撩动东山魁夷的画图

草莓芳醇奶茶芳醇马奶酒也芳醇

野云般的马群掠过大草滩

马蹄也挟带花香味

牧马人的鞭子曳着松谷风

松谷风击响牧女的银饰

银饰敲打阳光叮叮当当有情味

风中扬起哈萨克少女的情歌

悠长悠长地多情有韵味

伊犁风吹那天空一个劲儿地蓝

吹那油草一个劲儿地绿

吹那山花一个劲儿地红

伊犁风很悠扬很抒情

伊犁风推开每一扇心灵的窗户

任感情泛滥

驼铃　优美了乌伦古河七月

雪山水一样欢悦雪浪花一样嘹亮

驼铃优美了乌伦古河七月优美了夏牧场

叮—咚　叮—咚地悠扬

于是红松林汹涌着围过来

于是白桦林澎湃着围过来

围过来骑黄骠马的阿达

围过来骑黑骏马的巴郎

骑黄骠马的阿达买茯茶莫合烟

骑黑骏马的巴郎买皮靴小三洋

驼铃叮咚　叮咚

把乌伦古河的七月摇晃把群峰摇晃

骑枣红马的克孜来晚一步

摇着花帽上的鹰翎

眉头上滴答着七月的阳光

一下抢购了好些色彩好些缤纷

罩在她们头上披在她们身上

"啊嗬"一声打马跑了

马儿跑在草原上

马儿跑在花海上

七月的乌伦古河是一匹流动的霞

亮丽沿岸浅绿鹅黄

哈萨克牧人追着季节转场

驼队货郎追着牧人转场

追着同一个周游的太阳月亮

转来转去

转到乌伦古河的七月

七月真优美七月阳光叮咚响

天蔚蓝地远

地油绿地敞

花绯红地香

驼铃叮咚 —— 叮咚 ——

振奋了辽远的雪域之邦

唐布拉的野草莓

跟着哈萨克牧歌进山去吧

去唐布拉采野草莓采五月六月与七月

采蓝蓝的森林风亮亮的阳光雨

高山牧场长成嫩绿的盛夏了

唐布拉静得出奇

野草莓鲜丽地站在那里

静静地等你

采一朵西天山的娇艳

泼染你多情的目光

漫坡遍野的野草莓

甜甜地馋你

酸酸地诱你

细细咀嚼嚼出西天山的味道

放飞你悠悠的思绪

唐布拉的野草莓是明丽而含蓄的

走进诗句留在影集叠进梦境

使许多人许多年后想起

晶亮晶亮的是她

酸甜酸甜的是她

草原的夜是热烈的

巡视拉那提的是天山月

暗香泛滥的是野花和牧草的气息

烈日似的篝火灿烂了大草滩

夏牧场之夜不是冷清是热烈的

苍黑的群峰一齐簇拥过来

墨绿的云杉林一齐簇拥过来

簇拥的还有老老少少的哈萨克

簇拥篝火一群女人唱起牧歌

音调高高低低如奔泻的雪山水

起起伏伏有如澎湃的森林风

唱着唱着她们大把大把地流泪

流过泪再唱唱着唱着又喧响笑声

那些生命的牧歌忧伤的牧歌纯情的牧歌

拍击着辽远的西天山

西天山莽苍苍西天山翁郁郁

在回音波荡的山环里

听不懂一句歌词也没关系

心是我忠实的翻译

黑牦牛的巴音布鲁克

一群奔跑的意象

一抹浓重的泼墨

巴音布鲁克的黑牦牛一摇一晃

摇晃着高山牧场

摇晃迢迢遥遥的巴音布鲁克

巴音布鲁克的雪水很甜

巴音布鲁克的油草很绿

紫外线照你强韧的筋骨

零下三十度奇寒塑你冷峻的性格

你是属于高原的

毛色油亮亮地炫耀西部草原的粗犷

一对牛角　挑一串传奇

黑牦牛的巴音布鲁克走不远

就放牧一些意象在草地上

在草地啃草绿　遥遥地

白天鹅飞走了留下凄厉的风雪

羊群也走了留下绝妙的蹄韵

穿旅游鞋蝙蝠衫的女郎也走了

留下黑牦牛作守护神

黑牦牛走不了了

留在五A级景区

埋头咀嚼悠长的心事

雪山白茫茫的雪

从打你音韵谐和地

走进老版本的唐诗里

你就岁岁年年

自装订线的罅隙里

飘出来

飘成许多清词丽句

飘了一千多年的大雪

还是老样子

六月雪　飘飘悠悠

腊月雪　纷纷扬扬

平声也罢

仄声也罢

踩在茫茫的雪原上面

声律倒也押韵合辙

我是后来者

喜欢在雪原上放牧想象

在雪天里尽情沐浴

四望白雪纷飞

笼一个银装素裹的北国

可能在雪乡待久了

连年轻的黑头发上也纷纷扬扬

飘下雪来

飘了一千多年的白雪

飘至而今

也带着现代派的色彩

飘就飘个缱缱绻绻

　　　　朦朦胧胧

　　　　　缠缠绵绵

穿越风季

以迅猛如潮的血流呼唤

高高闪耀吧沙海之星

穿越风季

穿越风季

穿越王之涣苍凉的《凉州词》

胡杨萧萧　摇满目沉重的沙砾

活动房里昏黄的烟圈

似乎也感染了西部的太阳

昏黄昏黄地照着日子

几日不见油勘车队的影儿

当月亮入梦时

铁血男人们习惯地反反复复

反复咀嚼难以言状的寂寞

就把那些深深浅浅的脚印

缩写为油勘日记

一遍遍地　向远方朗诵

要不就默写一张面孔

一片洁白　流动热切的现代汉语

忽而飞来一阵子激动

使半醉半迷的神志惊醒

远方有油勘车鸣奏回荡

高亢而雄浑

雄浑而高亢

中国黑石油与钻井架在远方

所有油勘的日子

随一片片日历萧瑟而下

叠成远行者的记忆

却没有一种语言或是手势

表示道别

黑男子的大戈壁

黑油海的喧嚣很动人

什么样的路都踩过了

也没走出油勘的履历

牛皮靴沉沉重重

沉重地在远方踩响人生

远方的景致

海市蜃楼在远方

中国黑石油与钻井架在远方

远方的一棵树是他自己

默然无语

一棵会跑动的树

在大西北的天空下

足足走了大半生

有时也想停下来

说说心情

但总有一种呼唤在远方

呼唤他走进冷风景

从戈壁上站起的钻井架

与苍郁的胡杨树

构成了无法替代的整体

有边风在其间穿来穿去

娓娓地叙说历程

背靠苍茫四季

背靠四季

我站成一株胡杨　逼视

浑然不觉的苍茫

在塔里木以北

日子似乎老踏着一个节拍

塞风浮动　山鹰盘旋

投下黑铁色影子

这是塔克拉玛干沙漠腹地

驼铃暗哑　沙砾沉重

且风　野得豪放

似要撕裂天空的名字

感受钻塔钢蓝色的目光

我便不会顾影自怜

开发的乐章起伏连绵

漠云般飘逝的日子

叠成远行者的足迹

叠成共和国一部"钻井日志"

而那一颗唐代的落日

依然浑圆　依然如血

我每每注视

总被一种神圣辉煌地照耀

真想就这么

站成西部人物

北纬三十八度风沙线上

墨守孤独时光

我们一次次穿越风季

穿越感人的细节

那井架那钻机那野营车

组合成这边伟大风景

摄魂夺魄的黑色魂

煽动铁血男子我们一回回

逼视冷风景

身在黑戈壁

我们就这么油乎乎地生活着

生活着就精气神十足

伫立于亘古未有的预言中

呼唤啸啸喧腾的

黑色血脉

黎明的风景

黑色魂倏然

从井口喷射出来

把瀚海涨潮的黎明弄成风景

黑石油喷薄而出的那一瞬

强力啤酒也无法

按捺积蓄已久的感情宣泄

年轻司钻的梦中

夜夜总有一场黑风暴

骚动他梦中的一切想象

把他三十岁的年轮

编辑成一册油香馥郁的日历

野性的呼唤

使他的血液涨成夏季的河流

有一种惊涛裂岸

不能自已

走进王铁人的队伍

他就自豪地相信

钻塔可以像瀚海的胡杨树那样

长成触摸太阳的黑森林

在大西北热烘烘的胸脯上

一回回开拔一回回远行

可并未让泪水

模糊挺进大漠的历程

他以迅涨如潮的血流呼唤

高高闪耀吧沙海之星

踩过黑色沙漠

无数个风狂沙舞的日子

他动情地揉着噙满泪花的双眸

谛听那黑色风暴

正在自己的脚下发出轰鸣

从戈壁海的意象里漂起来

一弯奶黄色月亮

从戈壁海的意象里漂起来

漂过古堡古城　漂进

塔里木深沉的寓意里

几株孤独的胡杨

远远地　站成朦胧

一向活跃的黄羊群

早已消失得无踪无影

只有善于抒情的钻机

以铿锵和谐的节奏和音韵

喧响塔里木夜色

从打钻塔泊进这片戈壁海

性子就被野风撩野了

野就野吧　就让

野性的吉他与电子琴

疯狂沙海之夜

直到油哥儿们醉态起来

直到目光悠远深邃

红柳花开

再普通不过的红柳

与蒿草与黑色戈壁石

毗邻而居

瘦小的叶子舞动漠风

铁色的枝条拒绝叹息

沿着高低起伏的沙包沙梁

斜出漠野

当阳雀喊醒冰封的大地

红柳花绯红的花簇

让辽远的大盆地

所有的灯盏一下熄灭

其时　在石油人的眸子里

蜜蜂的乐谱在花簇上铺开

立刻弹响美不胜收的明媚

碰杯的声音

身在黑色戈壁

金字塔在远处

远处的红柳花蕴含寓意

其时　有一只山鹰

正在空中黑黑地飞

有一颗落日跌进血色黄昏

这会儿我们摆脱钻塔的瞩望

难得轻松一回

西凉啤酒　正好

宣泄油哥儿们久蓄的情绪

餐桌很诗意

落霞渲染的心情很诗意

在蕴含黑石油的远方

碰杯的声音潇潇洒洒

与亘古的戈壁保持距离

天远地远　此时

有些语言被省略了

我们都有些醉意朦胧

吐出的酒话

点燃沙梁上的红柳花穗

后来我们就走了

压根儿不知道

竟大大咧咧地

走进一幅摄影作品

成为一种隐喻

走近男性的黑戈壁

潇洒的英姿透出油哥儿们

几分坚毅几分骄矜

他挽着妻子

走进油田的新婚之夜

妻子是从征婚版面上走来的

从大巴山里的斑竹林

慢慢走出妈妈的视线

走进男性的黑戈壁

走进另一种生活方式

两地书充分地诉说

是钢蓝色的钻井架

擎起他们爱情的绿荫

没有立体风景

也没有十四行爱情诗

不过　顶起太阳的钻塔

会忠贞地陪伴他们一生

夹竹桃摇曳在大漠夕照里

黄昏　我们从野外勘测归来

老远老远就瞥见那盆夹竹桃

摇曳在帐篷窗口摇曳在夕照中

摇曳为一首抒情的诗

一眼瞥见它

尾随的戈壁风就掉头溜啦

那朵火焰点燃被风沙磨钝的情绪

点燃浑茫的暮色

也点燃了塔克拉玛干血红的夕照

我们的眼眶便泛起湿润

大漠本是一本发黄的书令人困倦

可有了这盆夹竹桃

沙原似乎就成了大开本的抒情诗

我们慢慢咀嚼嚼出些诗意

旋风有诗意沙柱有诗意驼队有诗意

矫鹰有诗意蜃景有诗意红柳有诗意

甚至　连褐黄的沙雀

也曳着我们的遐思飞　飞　飞

大漠边的风沙线上

夹竹桃有不可抗拒的魅力

比录音带里跑出来的抒情曲梦幻曲更令人痴迷

白天没有工夫陪伴它

夜晚就把它搂进梦里

它美美地成了

我们诗里日记里情书里美妙的章节

我们常常以汗涔涔的微笑

抚摸它温柔它浇灌它

让它红红绿绿绰约多姿

灿烂一万里远天远地

野马车队

像那戈壁一样粗犷

像那暴风一样强悍

是野马车队的那些野马司机

不安于某种宁静

驾驶窗里的目光射向远方

穿过无数惊奇的戈壁与沙漠

一路风流地西去西去

并不是走投无路

可所有的道路都被风暴堵塞

不是早有民谚道破吗

"进去就出不来"

单纯的一元色无涯无际地铺展

漠风粗糙沙砾沉重

颠簸与坎坷是无可选择的选择

选择鲜花也选择痛苦

钟情蜃楼也钟情风暴

浪迹天涯

就放纵如箭的目光撞响远天

音韵倒也合乎平仄

戈壁为路　　阔野为路

于塔里木盆地以北

野马车队的野马司机

轰响油门

奏起大气磅礴的进行曲

从神话从大风歌中驰出来

昂起一群野马的象征

千年胡杨

走过辽远　走过苍茫

一步步把都它尔的琴弦叩响

在轮台以北　石油人怀着

拜谒圣贤的心情参拜一株百年胡杨

虽说斑驳的粗干已是古意苍苍

满树的阔叶依然金黄着幻想

云影落在树冠　鸟声挂在技上

风沙线上依然守望一方辽阔苍茫

此时　我的心头绽开诗人的浪漫

开放在古胡杨葱郁的心情上

在塔克拉玛干与库木塔格沙漠之间

我也想象它那么站着　守望南疆

黑色孤独

涉过浅浅黄昏　夜色偷渡

于沙波浪谷间布下令人费解的谜语

黑乎乎的感觉中

你头枕沙梁　细数天上那寂寞的星星

一种沉默

沿着茂密的黑森林起伏

蔓延为一缕孤独

星空很美很深邃

隐藏着红月亮的很多秘密

远处骆驼客几朵跳动的篝火

诱发你的思绪

让你去重新咀嚼

黑色沙漠上那些奇幻的情节

有风暴从汗湿的日子刮过

有沙柱从冰冷的日子卷过

有歌有舞有酒有泪水

塔克拉玛干上空曳过的流星

并不理解你的心迹

完全出于黑色魂的一种吸引

追着石油河喧响的涛声

你放纵焦渴的目光

一次次横越黑色沙漠

去翻阅一部被黄沙掩埋的历史

亢奋洒满坚实的脚窝

天幕下推出你负重远行的剪影

挎包上几簇红柳花

摇曳你的浪漫美学

跑野外久了　孤独

便也如这夜色悄悄地蔓延开来

可缄默并不是你的全部性格

仰起脸来

你凝思的眸子里

有一种期待

闪烁两朵黑色的火焰

很幽远很美的天穹下

沉默也是世间最精粹的语言

瀚海绿丝带

没有水没有草也没有树

横穿死亡之海塔克拉玛干

空中一只孤鹰追逐几片流云

就在一车人十分沮丧的时刻

哈，两条绿丝带扑入眼帘

那些红柳梭梭罗布麻

于公路两旁迎风摇摆摇摆

枝叶碧绿　繁花盛开

涂染着沙海亘古的苍白

让死亡之海一下活了过来

让活过来的沙海灵动起来

而那位黄头发蓝眼珠的老外

用相机按下快门的那一瞬

连呼OK 喊醒泪水

塔中日暮

边塞诗中那一轮落日

又无比浑圆地辉煌一次

走下钻台的油哥儿与钢蓝的钻塔

不经意走进一幅摄影作品

戈壁风，这时殷勤地

扇亮一盏一盏井场的灯

而一贯善于抒情的钻机

依然以铿锵谐和的节奏和音韵

喧响塔中油田的暮色

中国黑石油与钻塔群在远方

而远方总有一种声音在呼唤

呼唤铁血男人走进冷风景

油哥儿们就这么油乎乎地生活着

追踪石油海喧响的涛声

神话被王铁人的队伍一次次打破

大盆地被载入中国黑石油的史册

塔中油田啊　令人一见倾心

我期待再一次约定

五色女

迪斯科跑不到这里　跑不到

辽远的大漠边出产黄风出产沙砾

老站长按一声车笛　哦卸下了

五片蓝天空五片蓝幻想

五种不同字母的语言

五包书籍五件乐器五位十八岁少女

胡杨林边

袅袅娜娜旋升的炊烟

填写大漠人的户籍

这可是触怒了风魔沙怪发作坏脾气

气势汹汹结伙来赶十八岁

气势汹汹惹不起气势汹汹打上门

十八岁并不回避并没有退缩

十八岁不在妈妈跟前撒娇

十八岁不在公园漫步不在橱窗前阅读

十八岁不去天池不去太湖不去颐和园

十八岁却走进开发者的队伍

十八岁举着大镐举着渴望去冲杀

十八岁的果敢和膂力抖擞起来威风起来

直吓得那风魔沙怪只得

乖乖认输乖乖举起白旗

十八岁当然也有寂寞也有心事

就到海子边去抓大头鱼

就到沙梁上采摘嫩绿的诗句

就操起冬不拉马头琴热瓦甫

弹奏一支《未来练习曲》

这就逮住了很多情趣乐趣妙趣

关进十八岁的心扉关进十八岁

绝不泄密的袖珍日记

五位十八岁少女胡杨般挺秀

五位十八岁少女把苍凉把悲壮把慨叹

全部交给高适岑参王昌龄

五位十八岁少女学写奔放雄奇的大漠诗

这一来"搓板路"就不是搓板路了

大漠边红灼灼的红柳花

开得更壮美更热烈更馥郁

丝路留痕

美丽的夜莺

拥抱天空与云朵

遥远的石榴

遥远的石榴

遥远的古丝路上

斜出维吾尔人家的篱笆墙

若古丽嫣红的嘴唇

欲开还闭

古往今来的石榴

淳厚的民风里　静静地

浮出歌舞之乡

悠然的云霞　是十分景致

阳光与雪水　贯注无声的圣洁

从不同的角度逼近八月

天远地远　燃烧的乡土

都是一片诗情

吉祥的石榴　心情平静

丛丛叶簇中

梦幻着一朵美丽的心

我做一次远距离瞭望

有一首维吾尔古老的歌谣

潺潺入心　石榴

你以永世亲切的灯笼

照亮民风和岁月

哦石榴　我是一个远行者

让我以无言向你揖别

别你而去　陪我远行的

当是一种圣洁的凝重

古丝路上那一座小城

塔克拉玛干大漠一隅

古丝路上那一座小城

轻捷的是矫鹰

沉重的是沙砾

苍茫暮色中　迎迓我们的

依然是岑参的那一轮明月

死亡之海罗布泊相距不远

楼兰古城遗址也离得很近

独向苍茫　那些挖掘苍凉的人

年年纷至沓来

目光泄露无比艳羡

可不一定能解读她的无言

塔里木之北　胡杨萧萧

古丝路的驼铃声早已远去

广场雕塑与文化宫相映生辉

乡音很浓　维吾尔少女

眉如弯月　美目流盼

艾得丽斯裙飘来荡去

摇曳浓郁的西域风情

丝路上的小城　家家门前流水

穿过刀郎歌舞与丝路花雨

金黄的唢呐嘹亮地吹

我却趔进巴扎与深巷

追寻汉唐遗韵

维吾尔族农家

夜莺动情的啼唱

偶尔飘进维吾尔族农家

农家院里　绿意浮动的

蓊蓊郁郁的葡萄架

泼染天涯

葡萄架下

一嘟噜一嘟噜的葡萄

摇曳着日光

摇曳着月华

引得旅游者纷至沓来

快乐于喷香的馕坑肉中散发

房前的古桑树　年年抽发出新枝

孔雀河弯弯地流去

弯过了沙枣簇拥的篱笆

一枝嫣红的石榴伸进八月

点染着古丝路人家

一帧立体风情画

喜雨飘然而至

春天刚发出请柬

第一场喜雨飘然而至

君临大漠边我久居的城市

点点滴滴　珠圆玉润

宛然柳永词中妙曼的词韵

蒙蒙细雨　从天而降

织珠帘几重　十里轻风柔情

目送街上举着花伞的女子

款款走近闪着媚眼的超市

街心花园的花朵们

姹紫嫣红着像是要去赴约会

水雾氤氲　濡湿祈盼

也甜润了云雀的啼唱

紫燕　是一些飞翔的动词

烟雨中的意象　我们构思了多年

从植下树苗到而今绿树成荫

大漠一隅　今年的第一场春雨

淅淅沥沥　从清晨下到黄昏

若一幅大泼墨的写意

渲染着我久居的小城

而小城的红灯笼

正红红火火地照耀绿洲岁月 ……

夜莺跃上葱郁的枝

亚高原的风吹动桑吹动

黝亮的长辫儿维吾尔族古丽

进入桑园　无关风花雪月

遥远的叶尔羌河　清澈之水

照耀婀娜的采桑女

粲然的晨光　诗化了

桑篮里的桑情

丝绸之路上的桑园

年年的夜莺跃上葱郁的枝

亲近传统　勤劳的美德

撩起塞外的风声与水声

热烈或缠绵

以突破四月的心情

摇曳民俗与岁月

敞亮祥和的天空下

青青嫩嫩的采桑曲　翻动

四月的阳光与鸟语

照耀千古的桑

于浸透民谣的家园之上

恬静无比　保持至今的

依然是乡土本色

阳关之外　恩典的桑

以丝绸的光芒打动我们

我远涉而来　倾听

无边桑林的飒飒之声

梨花仙子

梨花莹白如雪

几只蜜蜂嗡嗡嘤嘤

喧闹着孔雀河四月

四月的风物里

阳光很亮　葡萄藤很诗意

梨园里忙碌的阿依古丽

若那传说中的梨花仙子

长辫飘飘　一瓣梨花

贴上她弯弯的浓眉

彩蝶飞走　羞于她的美丽

农学院回来的阿依古丽

园艺场年轻的园艺师

深爱家园　依恋

维吾尔族的民风与民俗

剪枝梳花　不计时日

一条花丝巾　撒下秀色

于四月的青枝绿叶间

飘曳而来　飘曳而去……

穿越初融的流水

梨花如雪　芬芳着她的情思

美丽的夜莺拥抱天空与云朵

情也浓浓

梦也依依

头顶薄纱的克孜巴郎

三月草莓　五月桑葚

年年的百灵鸟　于绿洲的白杨树上

清清亮亮地叫一声

维吾尔克孜巴郎　就出落成

一朵玫瑰

野生的乌斯曼①

自天山之南的阳光雪水里

---

① 乌斯曼，一种野花，其茎叶多汁，维吾尔姑娘常用其汁液描画眉宇。

娉娉婷婷悄然地美

叶片　贮满黛色的汁

轻轻一揉　正好描你柳叶的眉

维吾尔克孜巴郎　不用美容霜

就是大自然的模特

在绿洲亲切的炊烟下

阳光的恩典里

桑林与葡萄园　让鸟儿

拍动双翅

头顶薄纱的克孜

被纯朴的乡风吹着

依恋家园　不变勤劳的本质

两枚月亮　悬于耳边

亲切传统和丝绸

进入更深的歌舞和水

在天之涯　芳草萋萋

维吾尔族克孜巴郎　长发飘飘如风

被手鼓和都它尔打动

临风临雨　无法不为爱

饱含热泪

梨乡水墨

从塞外的白杨与夜莺出发

抵达四月的库尔勒

梨花雨缱缱绻绻的库尔勒

翩翩而来　戴花帽的古丽

艾得丽斯裙梨花般飘曳

翡翠绿的库尔勒

伫立千年的铁门关楼

彪炳史册　照耀梨城的青春

丝绸古道　花影与舞乐

旋转柔美的乡音

雪色花朵旋转天空

使岑参的诗句黯然失色

缘于一种情结

无法描述的风情　化蜂化蝶

接近爱情的一枝

款款旋舞　四月

温情的风依依吹动

嘤嘤成韵

库尔勒　属于西域的另一种韵致

迎向旅人的注视与微笑

并不述说什么

多情的梨花雨中

我已身不由己

切入画页

在轮台的薄暮里

在轮台的乡间路上

一辆老驴车

在暮霭中忽忽悠悠地移动

谁是它的驭者?

不见车篷飘举　　也不闻鞭声

细碎的蹄声嘚嘚嗒嗒

车轱辘撵着蹄韵

漠野很静　　晚风很豪放

麦子和甜杏的气息钻进鼻孔

空中的星子一闪一闪

只有节奏明快的铃铛声

切割着黄昏的静

驴车忽忽悠悠地移动着

可以肯定是沿路而归

（在铺着花毡的车板上

一位老者正安憩而寐）

其时　我相信老驴识途

在这轮台沉沉的暮色里

永远的桑树

汉乐府里高雅的桑树

于邈远的古丝绸之路上摇响边风冷月

亘古的桑树　栖有鸟巢的枝

抽出诗意浓郁的句子

使边塞妩媚

桑树　历经千古沧桑未老

至今风韵犹存

于蚕宝宝莹白的怀念深处

显出亲切的样子

从桑园里丰满起来的"古丽"们

于阳光下歌之舞之

总为家园热烈或缠绵

艾得丽斯裙飘动桑林　如鸟

美丽喀什噶尔

采桑的维吾尔姐妹

缘于一种情结　再也

走不出叶尔羌河的桑园

于民风民俗的绿荫中

安居乐业　并且

以水灵灵的一枝风韵

深入我们的心灵

乘坐古典的马车

不坐轿车也不骑驴

乘坐四根棍马车

我饱览库车古城秀色

丝路古文化的库车

已剥落了汉唐的釉彩

一些黄头发蓝眼珠的旅游者

一些黄皮肤的旅游者

同乘一辆很古典的马车

作一次短程旅行

鞍鞯嵌花　车篷飘举

松弛了疲惫的四肢

浪漫了郁结的心绪

而当我们绕城一圈

享受了一次奢侈的愉悦

新月般浑圆的手鼓

正拍响古城的秋夜

恍　惚

走进古丝路上的这座小城

变得让人有些恍惚

寻不见驼队　高车

十万株葳蕤的榆柳

亮丽了这塔里木盆地北麓

我想找回早年的深巷

深巷已成为一条长街

我想寻访先前的作坊

作坊已化作琳琅的商铺

还有那盆景鲜花

还有那蜂飞蝶舞⋯⋯

哪儿是昨日的删节号

哪儿是今天的连音符

一些喜欢挖掘苍凉的旅人

只能用手中的相机重新解读

广场上欢腾的麦西来甫

从黄昏一直跳到深夜

天上那一轮圆月

是抛向空中的一面手鼓

葡萄园的鸟儿

手鼓与都它尔

弹奏葡萄园的时候

风也是绿色

绿洲　蓝晶晶的天空

缀满一嘟噜一嘟噜的象形文字

寓意深刻的八月

招来许多阳光的鸟儿

啄食串串"马奶子"

摘葡萄的姑娘也是一群鸟儿

落在葡萄园里

叽叽喳喳

钻天杨的管乐队

奏响葡萄园的每一个晨昏

摘葡萄的姑娘

走路带着一阵风

笑声也押韵

葡萄园

被一种氛围淹没又浮现

此时　有一种冲动

使姑娘们的目光看得远些

有一种情感

使她们以美丽的嗓音

歌唱自己成熟的爱情

罗布人村寨写意

沙梁上写满沧桑的胡杨

枝干虬曲　接近风与金黄的阳光

鸟声　刷亮天空与海子

世代的罗布人家　生活古朴

古朴甚至有些原始苍凉

须眉皆白的罗布老人

依然耳聪目明　笑声朗朗

如今已是四代同堂

最小的克孜巴郎阿依古丽

比灿烂的红柳花还要漂亮

在孔雀河中游

罗布人村寨　岁月无痕

依然守望着那一方僻壤

蓝海子连缀着卡盆与渔网

红柳柴火烧烤出生活的芬芳

尉犁一隅　绿苇摇曳

天南海北的口音挤挤攘攘

滑沙　荡舟　骑骆驼　观狮子舞……

罗布民歌祝福你快乐安康

一只雄鹰在蓝天之上展翅

放飞比天空更辽阔的想象……

一个让人沉醉的地方

一个来了就不想走的地方

我在罗布人村寨久久流连

将一卷画图收进我的诗囊

苍穹下的孤旅

暮色四合　远去的驼队

蠕动于塔克拉玛干沙海边缘

夕阳　自驼峰上跌落

殷　红　如　血

暮色使瀚海闭合又把暮霭展开

楼兰以西　沉重的沙砾

古丝道泊满孤独的驼铃

骆驼客　以叮咚的节奏敲打

苍凉至极

我目送缓缓移动的驼影

浑茫无边　暮色

将它们缩小而后消失

这是楼兰以西　驼铃依旧

边风喧啸　旋起的沙柱

在天之涯制造迷离

寡欢的驼队　苍穹下的孤旅

举着沉重的驼蹄

使飞天们的目光

在暮色中飘忽

漠风扬起沙尘

地平线敷展苍苍凉京

风沙的打击乐　疯狂而沉郁

驼队消失之后　我的眼眶

已饱含泪水

飞渡苍茫

五月响亮的天空　几只水鸟

若一支支翎羽　横空掠过

铺展着台特马湖春色

摇醒湖岸青青芦苇

蒲草和水中亦静亦动的云影

水鸟　拍动的双翅挟带风声

挟带春的童话与对西海的眷恋

远远地飞来　三五成群

荡开茫茫阔水

我看见塔里木走廊复苏的希望

正在水鸟的翅膀上飞升

风吹水响　摇醒岸边搁浅的卡盆

与泊满风霜的桨片

谁的都它尔　动情地诉说

复活的海与海的复活

罗布人　复温古老的渔歌

去粼粼碧波之上捕捉畅想

水鸟　台特马湖上的音符

在天之涯　在水一方

飞渡苍茫　舞蹈在属于自己的

大漠水乡

罗布海子

一头马鹿穿过胡杨林

踱到它的岸边

一群水鸟拍打着翅膀

撩拨它的蔚蓝

一位捕鱼的罗布老人

轻抚着岸边早年的"卡盆"

浑浊的眼神亮了一下

这一切　都是塔里木河

第十次输水带来的

此刻　一抹晨晖

爬上老人的那一大把胡须

站成花白的抖颤

古楼兰以北

渐浓渐深的暮色

笼住沙海深处的海子

从薄蔼里漂过来的卡盆

溅起浅浅的水声

湖岸的芦苇稀落参差

水鸟的歌声　已被

干热的风抛向远处

塔里木河下游断流之后

罗布人保持千年的渔猎

还在苦苦撑持

胡杨树上的几片挂网

晾着无奈与叹息

暮色四合　漂过来的卡盆

驮不动暮霭沉沉

古楼兰以西

一弯冷月升起的时候

海子遥想青青草色

在梦与醒波荡的水流之上

沿着风沙淹埋的古河道

博斯腾湖　清澈之水

汹汹而来　水雾氤氲

伫立河岸　一位罗布老人

禁不住直抹热泪

百岁老人　历史的见证

一汪汪海子干涸

一片片胡杨林枯萎而死

老人独守家园

风吹沙舞　年复一年

混沌了老人干枯的眼神

此刻　在泪水初醒的五月

所有生命　因水而分外美丽

谁的心能静若止水？

在梦与醒波荡的水流之上

老人含泪的目光

正追着水鸟款款飞行

感受台特马湖

泱泱生命之水　一路风尘

经七百里长途跋涉

抵达邈远的台特马湖区

天远地远　水鸟寻踪而来

撩着水花翩翩而飞

塔里木河尾闾

命运参差　三十年断流之后

又响起悠远的驼铃声声

野鹿携儿带女还乡

漂泊的云也不再流浪

塔里木长廊　沉沉的梦

被清风清水轻轻地拍醒

夜宿湖区　水声贯耳

维吾尔老伯捧出所有的真诚

一张油馕　几串烤鱼

还有一壶老白干

连同沧桑岁月　被我一饮而尽

醉了的　还有一弯新月

一只美丽的夜莺

追寻塔里木河久违的涛声

抵达天远地僻的铁干里克

风声多于鹰啸的地方

巴哈尔古丽是一只歌唱的夜莺

塔里木河岸边的一枝石榴花

少女在大漠边一天天俏丽

初中之后　困于贫困

便回家放牧阿爸的羊只

也放牧命运与大漠的故事

原先的海子逐年干涸

羊儿啃草　她抹泪水

远来的涛声流过了家门

她抬起目光　眺望瀚海绿色的星

一只夜莺　扑棱棱振翅高飞

飞进了胡杨林度假村

用歌声擦亮前路和敞朗的天空

年轻美丽的巴哈尔古丽

她以夜莺般甜美的歌声

表达她对丝绸之路

与绿洲文明与刀郎歌舞的诠释

西域风情　被她演绎得

如诗如韵

博斯腾湖的荷

别梦依稀的荷

本是家乡江南女子

在不深不浅的水里

在不方不圆的塘里

娉娉婷婷　是难以言状的

多情　美丽

鹧鸪声里　举一柄绿伞

杨柳风中　飘摆着裙裾

家在江南的乡间

乡间的纯情女子

虽出生于泥淖之中

却出落得亭亭玉立

妩媚而并无娇气

秋去春来　最亲昵

悠扬牧笛　婉转莺啼

家乡江南的荷呀

你是什么时候出塞

来到博斯腾湖上定居

老乡见老乡　泪汪汪的

是久别重逢的惊喜

荷叶团团　连天碧透

笼住大漠边亘古的苍凉

兼葭　蒲草　烟波上的游艇

与湖蓝　水鸟的翔姿

洇成大泼墨的写意

西出阳关的荷啊

啊嗬依嘿嘿　啊嗬依嘿嘿

多情　依然是你

美丽　依然是你

爱在远方

一株布满沧桑的古胡杨

枝干虬曲　接近风与金黄的阳光

鸟声　刷亮天空与海子

树下的罗布人家　生活古朴

古朴甚至有些原始苍凉

一百零六岁的阿不力孜老人

自称是古树的兄弟

他的儿子　仍被他叫作巴郎

这巴郎八十有六　须发皆白

声音洪亮　还能劳作

如今全家已是五代同堂

老人不无骄傲地夸耀

最小的克孜巴郎阿依古丽

比美丽的玫瑰花还要漂亮

在孔雀河的下游

罗布人村寨　岁月无痕

依然坚守着渔猎生活

门前海子连缀着卡盆与渔网

红柳柴烧烤着生活的芬芳

沙海一隅　一方干净的僻野

在南疆吉祥的天空下

羊咩应和着渔歌

几只野鸭在水波上滑翔

一些普普通通的事物

营养着我诗歌孱弱的翅膀

爱在远方

唢呐为家园而吹

曾经择水而居

塔里木河之侧　一代代的砍土镘

垦出阡陌与庄稼地

毛驴也啃　山羊也啃

大漠边葳蕤的绿色

随年年袅娜的炊烟飘逝……

母亲河在哭泣！异地搬迁

谁没有一点眷恋与惆怅

挥别老屋　远方不远

葡萄架下　会有更美的新居

就这样领着牛啊羊啊上路吧

野麻花举着红红灼灼的畅想

塔里木马鹿也立于远远的沙包上

为老邻居送行

在西部浩荡的天穹下

那支古典的维吾尔民间唢呐

正以金黄嘹亮的嗓音

为新的家园而吹 ……

孔雀河烽燧以西

霜降之后　立冬之前

那些从关内来的拾花妹陆续走了

孔雀河烽燧以西

开始飘舞纷纷扬扬的雪

——雪怎么也没有高高的棉花垛白

大盆地灰白的天空下

粗暴的风扬起沙尘

发疯地撕扯着大盆地的静

雪白的漠野上　那些胡杨树

依然默默地守望苍茫岁月

有一个川妹子没有走

为那个壮实的黑小伙留了下来

刷房盘炕　准备温暖这个冬天

孔雀河烽燧以西

雪是唯一的白色的背景 ——

棉花垛比漫舞的雪花更亮更白

楼兰的月亮

我是天性猎奇的人

漂泊无定　云游四方

管他山高　管他水长

比如此刻　在楼兰的"雅丹"地貌之上

踉跄而行　行囊兜满大漠风

步步踩着"白龙堆"的恓惶

纯粹地　出乎一种天性

一种骨子里的心驰神往

此刻　遥远的已不再遥远

古堡高塔　城廓宫墙

若隐若现　若有若无

闯进"死亡之海"闯进去

便是煌煌汉唐

楼兰五月夜　缥缈而岑寂

独向苍茫　寒意洇湿了星光

伫立于古城遗址之上

此刻　天穹很低很低

仿佛一伸手就能摘到

楼兰的月亮

天鹅的翅羽划过苍穹

高原的雪

使人温暖或纯洁

划过苍穹　天鹅的翅羽

十二月缠绵的音符

飞飞扬扬　倾诉爱情

雪落高原　翩翩而舞

每一瓣雪花都深藏爱心

爱翩跹而至　我在高原

她以一种方式向我接近

雪很恬静

雪所呈现的某种情态

使我怀想去年的那只红蝴蝶

悠然而来　雪野之上

站成了一座雕塑

现在是冬季

纷纷旋舞的雪

是一种圣洁的降临

有谁站在雪天里

以雪沐浴　与雪絮语

默默地伫立

默默伫立的赏雪者

已深入到花朵的心灵

走过营盘古城

踩过六月灼人的沙砾

一步步走近营盘古城遗址

两千多年风沙无情

城池成了一片废墟

桑和葡萄藤很多　还有美女

扼守着丝绸之路北道

大佛塔上泊过汉唐那一弯冷月

古城的故事很多

谁能说个一清二楚

奇妙的圆城结构

留给史学家们去考证

在离古城八公里处

有一口不小的山泉汩汩流淌

至今仍在娓娓地叙说

我们应该铭记这片废墟

参拜克孜尔千佛洞

木扎提河浸在月色里

明屋达格山肃穆而沉静

峭崖之上　那些密布的洞窟

像楼窗千孔令人叫绝

踩着攀缘而上的木梯

似乎去赴一次冥冥中的约会

是谁的声音在轻轻地呼唤？

月下的克孜尔千佛洞①

---

① 克孜尔千佛洞位于天山南麓的拜城县境内，与敦煌、龙门、云冈石窟齐名，是世界上仅次于敦煌莫高窟的壁画宝库。

已走过悠悠千载岁月

二百三十六个洞窟

佛祖的灵光让人屏声敛气

连飞禽走兽都生出禅意

而那位高僧点燃双手举一支火炬

指引着一代代跋涉者

使人顿时血热如沸

朦胧中　飞天的神女

裙裾飘曳　翩翩起舞

带我到云海月潮中漫游

我忽然明白　那声声呼唤

来自遥遥的远古

喀什噶尔

高天无痕　一碧如洗

不是古尔邦节　古城的天空

被铜唢呐吹得姹紫嫣红

我放纵温柔的目光

触摸古丝路重镇

它就是喀什噶尔

穿行于古朴的街巷

四处弥散着茴香与艾草的气息

情窦初开的维吾尔少女

艾得丽斯① 裙飘来荡去

旋转万种风情

现代建筑站在高处　眺望

艾提尕尔清真寺上那一弯新月

迎娶新娘的好日子

吹吹打打的杏花雨

把"古丽"们的心事浇湿

哦　喀什　精美的诗句

被阳光洗亮　被花朵说出

使我触摸到它幸福的内心

这是一个美妙的春天

榴花似火　柳含烟

---

①　一种维吾尔族传统的丝织物。

山鹰之路

石榴花与夜莺的喀什

在八点钟之前送我上路

驶向帕米尔的中巴车

像山鹰腾云驾雾

山钢蓝地陡峭

水雪青地湍急

客车似乎也有点缺氧

吭哧吭哧　爬在世界屋脊

人也晕乎乎目眩神离

张骞　玄奘走过的古驿路

驼铃喑哑的那一页已翻了过去

在海拔三千米的雪域高原

贴近太阳的帕米尔

被塔吉克的鹰笛横吹

山鹰之路　山重水复

冰山之父慕士塔格峰遥遥在望

高原石头城①

还在鹰翅以西

———————————

① 石头城即新疆塔什库尔干县城所在地。

高原柳

在山鹰的高度之上

遥迢的塔什库尔干

离绿洲很远　离天空很近

年年来得很迟的春天

踩着青青嫩嫩的柳枝

接纳一些阳光的鸟儿

呼吸一点稀薄的空气

高原柳　一生一世

依恋帕米尔的这风这雪

经历了一座石头城所有的经历

一条条多情的柳丝儿

摇曳得天蓝水碧

高原的石头城　十万棵柳树

在山鹰的故乡年年绿着

即使不为人所知

那照耀雪域高原的光芒

已抵达我们的心灵

来路回眸（代后记）
——写给诗集后的真诚自白

恐怕大多数作者都讳忌"创作谈"，在下亦然。不过，这回硬着头皮谈的绝不是什么"经验"或"体会"，只是几句无关痛痒的胡侃或昏话。

断断续续诌诗的时间不算短了，可实在没有拿得出手的"货色"。偶尔被人冠以"诗人"，心里清楚，那是人家的戏称，当不得真的。但我一直认为，写小说难，写诗也非易事。小说动辄万言、十万言，似乎需要到生活的锅里去"熬"；诗一般只有短短几行、几十行，似乎只要在生活的锅边上沾点油花花就可以。好像事情远非这么简单。有诗家说过，诗是生活的感受浓度最大、精度最高的一种提纯。只有越是丰富地体味了生活的甘苦，才越有可能深刻地表现和揭示生活的本真。这一点，我确信无疑。

出新是创作的生命，变化的时代，变化的生活，变化的审美观念……而作为文学，从不断变化着的生活中去研究、发现，揭示生活所有的种种微妙变化，去寻找新的突破，就离不了出新。

换一个切入角度。换一种言说方式。换一个……这个不断追寻的过程，也许是一种痛苦的选择。轻车熟路固然省心省劲，不过，永远看不到前方葳葳蕤蕤的繁茂之景——那山有那山的神韵，那水有那水的妙音……我因诗而快乐，也因诗而疼痛。西出阳关闯荡到新疆之后，一度曾想放弃诗可我又于心不甘，即使在滴水成冰的阿尔泰山中采矿，在热浪滚滚的油城克拉玛依搞建筑，在风沙肆虐的塔里木盆地边缘烧砖……仍然在帐篷里、地窝子里偷偷地啃书本、"爬格子"动脑筋，熬夜痴心地做着诗人梦……

因为我钟情文学，犹如农人钟情至珍至爱的棉花与粮食。

我对于诗，虽说十分热爱，却一直缺乏足够的自信。虽然断断续续地写诗时间不短了，也有不少横排的文字变成了铅字，但我从来不敢给自己的诗赋予什么特别的使命。只是我深爱着新疆这片美丽而神奇的土地，且时时感受着并被打动着，我从抒写的过程中感受到了快乐，也得到了心灵上的满足。我能不感谢诗！

我深知自己缺少诗人的素养与潜质，我只是朴朴实实地写来，真真切切地叙说。既玩不来无病呻吟的玄妙，也学不会装腔作势的那种故作高深，我很看重"清水出芙蓉，天然去雕饰"的淳朴自然与清新之气。唯恐自己把缪斯亵渎了，我的天籁般的诗！

我于2004年出版过诗集《游牧新疆》。这本诗集中收录了我从1979年至1992年间的部分诗作，1992年之后，因忙于做编辑、记者而终止了诗歌创作。

我从来不是一个安分的人，停笔多年之后，近10年来又尝试着写小说，看来自己还要到生活的锅里去"熬"。即使"熬"到额纹如崖石，白发剩几缕，其心也爽，其兴也浓。

"一带一路"大型系列丛书"新疆是个好地方"收录了我的诗集《红柳花开》，真诚感谢总策划戴佩丽女士、主编孙春光先生，还要感谢有兴趣展开这本诗集的诸位读者，让我们在诗的天空下有缘相识！

2019年5月1日于新疆库尔勒